EDITION BELLETRISTIK

PANDORAS PLAYBOX
ANNA HETZER

Quartheft 84 · Edition Belletristik
1. Auflage
ISBN 978-3-910320-00-0

Chodowieckistraße 2, 10405 Berlin

www.verlagshaus-berlin.de

GEDICHTE: Anna Hetzer
ILLUSTRATIONEN: Katja Hoffmann
LEKTORAT: Jo Frank
GESTALTUNG & SATZ: Typografie · im · Kontext
SCHRIFT: Calyces Inc, Faune, Brandon Grotesque
BUCHDRUCK & -BINDUNG: Druckerei Totem / Printed in Poland, 2022
PAPIER: 90 g/m² Amber Graphic / 250 g/m² Iceblink weiß

WEITERE TITEL VON ANNA HETZER IM VERLAGSHAUS BERLIN:
KIPPBILDER / Edition Belletristik / ISBN 978-3-945832-31-8
Zwischen den prasselnden Punkten / Edition Belletristik / ISBN 978-3-945832-12-7

Das Verlagshaus Berlin wurde 2018 mit dem Förderpreis des ersten Berliner Verlagspreises sowie 2019, 2020 und 2022 mit dem Deutschen Verlagspreis ausgezeichnet.

Alle Titel, die im Verlagshaus Berlin erscheinen, werden im Literaturarchiv Marbach, im Lyrik Kabinett München und in der Deutschen Nationalbibliothek archiviert.

PANDORAS PLAYBOX

ARS

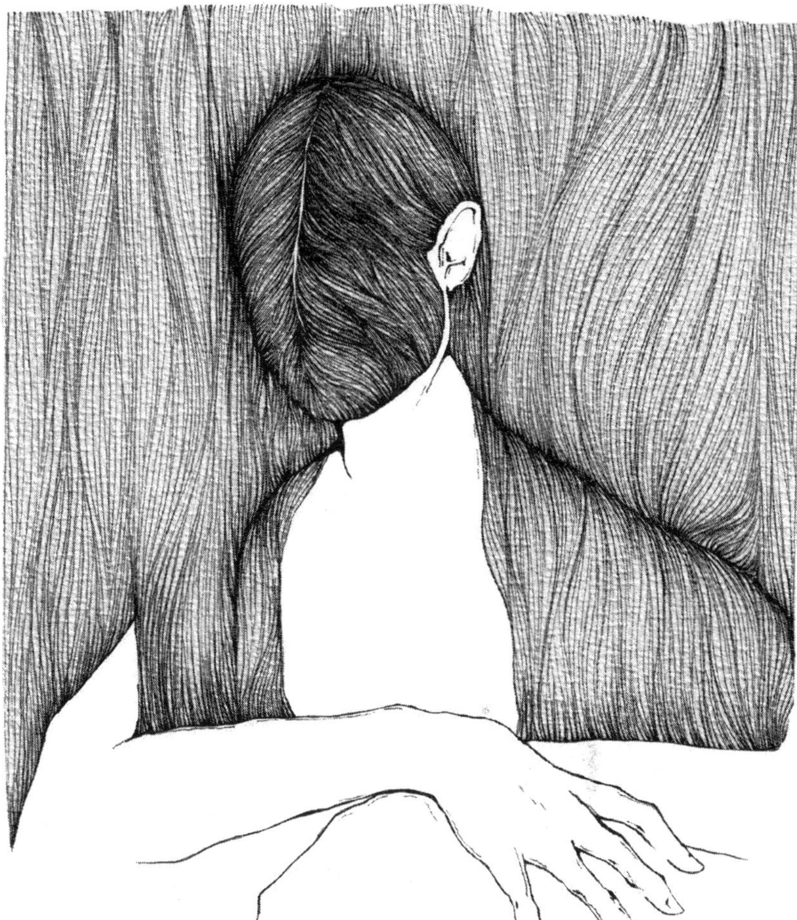

SELBSTBILDNISSE

eine karte aus sedimentschichten
schreibe und überschreibe den grabungsbefund
bin ein junge, die sich einen bart malt
atem am schnürchen
brustkorb und handy in dauerbetrieb
bin ein stringteilchen, kind vom synthiepop
rauche undsoweiter
unberechenbarer blutcode
bin kuss, bin kissen, kontakt in einer cloud
passantin auf dem radweg
mit mäanderndem verlauf
die meisten fragmente bleiben in der kiste
bin vom wecker aufgeschreckt
schneckenhalterin und patentunte
manchmal eine nackte frau im spiegel
die mich verwundert ansieht

ALLE WÄNDE SIND VOLL MIT DEN SÄTZEN DER VÄTER

SPAZIEREN IM AUSNAHMEZUSTAND

wissen längst, hände verlinken ist gefährlich
die chronik füllt sich mit selfies
von menschen, die wohnen wie zellkerne
tasten die eigenen wangen nicht, messen zwei schritte, drei
an jeder ecke ein knipswütiger egoshooter
in den taschen eine elektrische fessel
die notrufe auslöst. baudelaire, mein bruder
hat sich angesteckt bei dir. heute bleiben wir
um handbreiten solo. toxisch der inhalt einer stadt
die ein terrarium geworden ist. *lonely men in shirt-sleeves*
leaning out of windows. oh eliot, auf jede lebenslage
klebst du ein zitat. die straßen glühen
bleibt die großstadt der sicherste ort
für smalltown boys 'n girls

FLANEUSES

nicht unter jeder lampe könnten wir stehen bleiben
wie doisneaus liebespaar und dann einfach weitergehn
als wärn wir schon immer so teil des bildes
solange jemand uns hinterherruft lesben. mannsweiber. kopfschuss
würden gern auf offenen alleen
nur sehn und beschreiben. ohne camouflage zu tragen
scharfen blicken ausgesetzt zu sein in high heels, cappy, pinken
bomberjacken
röcken oder in zu großen hemden, boxer shorts... weiß der geier
es dauert noch bis wir ganz in ruhe flanieren

PARADE

direkt nach der parade kommen räumschiffe
rollen spuren aus für getakteten verkehr
aus dem schritt fallen, regeln der pride
das geräusch einer teetasse von hannah gadsby
stadtpanoramen besetzen, flanieren im siebenstelligen bereich
niemand will brücken zum einsturz schwingen
fahnenmaste strecken kesse zungen aus
gesichter, die aus häuseraugen zuschaun
der luftvibration beim vorbeiziehn der trucks
party mit kampfansage
wie weggefegt am nächsten tag. wird's ernst, wer bleibt

KOMM, WIR MACHEN HOMO-PROPAGANDA

VATERS ZORN

vaters zorn warf mit dingen durchs haus
eine widerspenstige holzleiste
die aus dem gebohnerten boden ragte
jesusbommeln, die dauernd abrutschten
von den verdorrten ästen der weihnachtstanne
das neugeborene kätzchen
das verstoßen worden war
es heißt im nachhinein, er habe sich bedroht gefühlt
von unsrem kuss im baumhaus
den er mit einer drohne entdeckt haben muss
anders können wir das nicht erklären
hatten ja extra die vorhänge aus laub
fest zugezogen und die taschenlampe ausgeknipst
gruselig wars da drin
verbuchten das unter vorübergehend
versuchten, die mythen europas
nur mit lesben zu erzählen
waren froh, dass wir uns bei all den würmern im laub
nicht aus den augen verloren haben
unsere bunny-kostüme gemeinsam zerreißen konnten
wie endlosschleifen durch die geisterbahn

MUTTERS ZORN

mutters zorn wuchs mit uns auf, verteilte sich
mit mutterliebe in den nervenflechten
und im zahnschmelz wie die ladung von gewitter
wir fragten uns zur frischluft durch
aus der umklammerung des muttermunds
und muttersarmen, die wie kiefer malmten: geh
klytemnestra wars, medea, manchmal frau menhardt von nebenan
unterdessen lutschten wir brav l.s.d.
aus einem mutterkorn gezapft und spielten
eros, thanatos bis wir genug gezappelt hatten
glitten wie ein brief in unsre särge
säuberlich gefaltet, säuberlich gekämmt
mutter legte uns in warme decken, mit rosen bedacht
und bat uns, sie nie zu verlassen, sonst würde sie gehn
es fiel uns auf, dass sie bei disney immer fehlte
und trotzdem stand popcorn immer parat
in muttersprache trennten wir, was ein geheimnis blieb
und wünschten, es zu teilen

FAMILIENPORTRÄT

mutter ist ein kaktus, denn ihre umarmung sticht
vater ist eine wespe, denn er wird von der mutter
beim abendessen mit der gabel aufgespießt
bevor sein stachel in ihre finger schießt
das kind ist ein handtellergroßer staubsauger
der ihre ganze muße frisst. und sich mutter und vater
so sehr zu herzen nimmt, dass sein beutel aufreißt
und das ganze blut auf frisch polierte dielen scheißt

GRÜNDEST
DU
EINEN
HÖLLENKREIS,
SAG

PANDORAS PLAYBOX

die story geht, es war einmal
ein halbgott, der dem feuergott das feuer stahl
und zu den menschen brachte
darauf schmiedete aus rache der beklaute eine frau
pandora, die in ihrer büchse, kiste, vase
das unglück der gesamten welt verschlossen hielt
sie sollte mit dem bruder jenes halbgotts hochzeit feiern
so der plan, der aufging wie die mitgift
in circa fünzig versen sang hesiod als erster dichter
ihr die ganze schuld zu
eva wurde sie, nach eva alle andern
so verdichtete auch goethe, fast dreitausend jahre später
zu pandora eine junge frau, die ihn, den alten, sitzen ließ
sie hieß mal allbeschenkt, mal allbeschenkend
nur die hoffnung blieb ihr stets allein
bis sie diese geschichten wort für wort
mit sprengstoff füllte und ein zündholz reinwarf
ungesichert sind berichte von ihrem verbleib
erst kürzlich ging ein video viral
das zeigt sie auf der bühne mit madonna
öffnet ihre büchse, drückt auf play

PORTRÄT DER KÜNSTLERIN ALS MONSTER

nicht schuppen hab ich und auch keine flammenhaut
kein stinkendes gebiss und keine fließenden abszesse
ich hab kein haar aus schlangen, keine kralle
die sich in die ohren einer talkshowrunde bohrt
mich sah noch niemand
mit verbranntem rücken und auch nicht mit hula hoop
kein gift hängt mir am hüftgurt, keine hundebeine
wenn ich nachts zum spätkauf geh
wüsst ich alle wünsche schon im voraus
wär ich *mutter*, so wie alle, algorithmus
meine dna gewächshaus. werf ich steine ins getreibe

nähern sich blaue sirenen, nicht, um licht zu heulen
oder autoraser anzulocken. sie nehmen mich mit
an den baggersee und bringen mir ihren gesang bei:
finde uns, auch in unterirdischen schächten
ich brauche keine schlangenhaut und auch keine zangen
keinen fischschwanz oder schwarze klauen
mir reicht ein wort von dir, ein augenschlag
wenn du mich anblickst und ein monster siehst
erstarre

JEANNE

mit sechzehn mehr mut als die typen
über die alle reden, da sie die welt beschwor
aus tiefem schlamm zu ziehn
schrieb sinngemäß christine de pizan
zwei jahre vor dem feuertod der jungen kriegerin
in ihrem lobgesang
der auf der liste nennenswerter werke über jeanne
im handbuch nicht genannt wird
worüber de pizan nicht schrieb
da sie ihn selbst nicht mehr erlebte, war jeannes prozess
das ende ihres körpers
im argument den hexenjägertricks erhaben
blieb nur ihr männerkleid, hieß ketzerei
jeanne starb mit kurzem haar
nach einem urteil, das die scheite teilte für den haufen
den die henker ihr bestimmten
was hätte de pizan geschrieben
vielleicht, dass jeanne längst wusste
wer die scheite schichtet
wenn gerichte nicht vor unrecht schützen

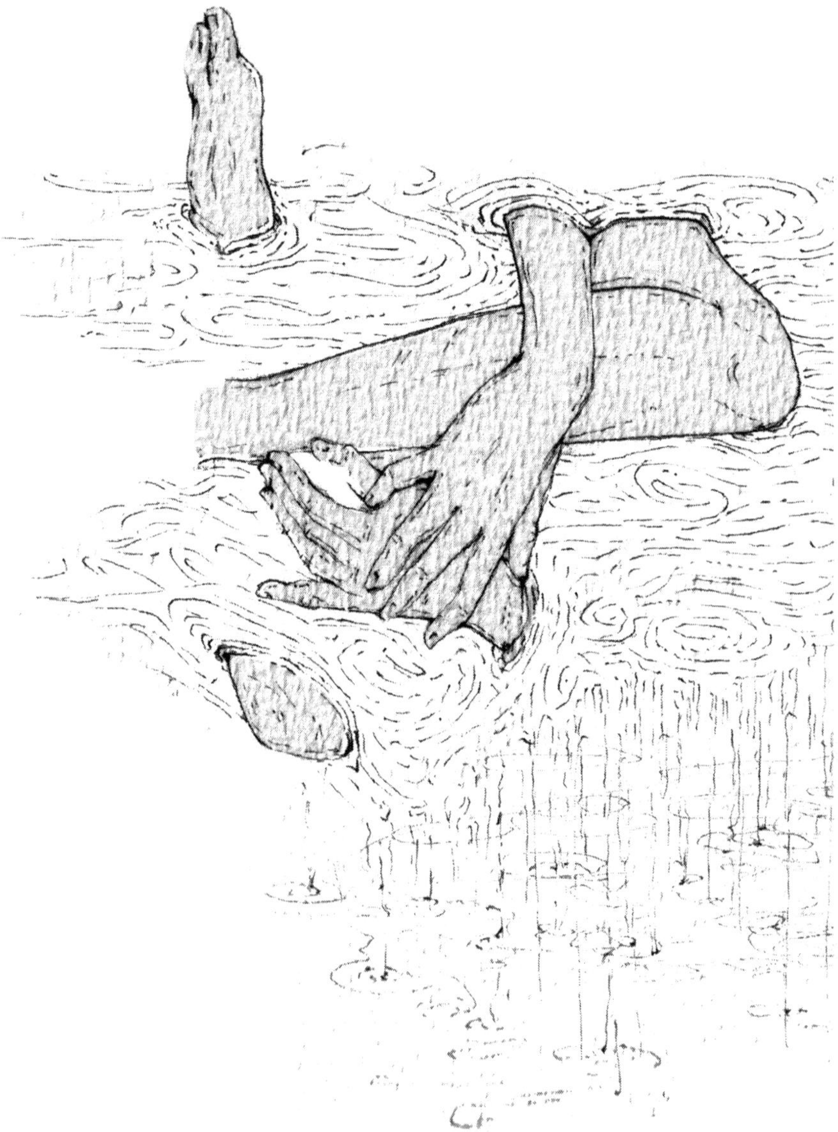

FAIRY GAYMOTHER

immer mit den andern zwölf im namen
wer hat angst vor dir, dreizehnte?
kinderlose, ungetraute fee mit zauberstab
warum wurden deine auftritte stets abgesagt
dir, feierlich gekleidete, die dennoch kommt und bleibt
wer hat angst vor dir, verführerin?
die den finger eines jungen röschens
an ihre spitze spindel führt und das licht löscht
gleich bei der ersten berührung
ihr zeigt, wie schnell das spinnrad wirbelt
wer hat angst vor dir, fairy gaymother

märchen-sappho, sugar-mummy
die ihre kleine kammer zur verfügung stellt
wer hat angst vor deinem dornbusch, *vagina dentata*
ruft das röschen hellauf begeistert
und bespielt die verzauberte blume im schößchen
sagt hinterher, sie hätte brav geschlafen
nix bemerkt die ganzen hundert jahre
im schrank

FRAUENHELD 2.0

prinz darling ruckelt am zepter
um sein mikro lauter zu drehn
den brustpanzer nochmal poliert
versteigert für einen guten zweck
sein aufgeschwemmtes pferd
steht im stall hinter scheuklappen
spielt mit den hühnern gans und gaul
auf sein frisches feigenblatt
notiert prinz darling *ich bin feminist*
die schrift ist ziemlich groß
pandora hat er auch schon bemüht
ihm auf die schulter zu klopfen
ich helf dir mit den kindern, sweetheart
ruft er mit hüpfenden grübchen
von der bühne, fängt den blumenstrauß
unangenehme pausen im gespräch
weiß er mit lustigen anekdoten zu bügeln
natürlich darfst du mitmachen, pandora
dafür habe ich mein ganzes leben lang gekämpft
und du weißt, ich bin fünftausend jahre alt

WER
HAT
HIER
KEINEN
HUMOR

PORTRÄT EINER FRAU MIT FLAMMENWERFER

ein stream mit haubitzen über fassaden
schatten, film oder nachricht. jeanne packt ihre stifte ein
versiegelt zeichnungen sich küssender dykes
der bars, in denen sie umschlungen tanzen, wachsam
entstaubt notizen für camouflage, punkt eins
liegestützen, punkt zwei, kollektiv alarmieren, punkt drei
adäquates gerät, punkt vier, überlegt nicht lang
holt den flammenwerfer aus dem schrank

SARAH LUCAS TRINKT TEE

haare so lang geworden, nun kann ich sie stylen wie elvis
oder wie sarah lucas auf dem klo
ich glaube, kristen stewart hatte dieselbe idee
luxusprobleme sagen die einen, einzelfälle die andern
ich sage, das problem ist ein strukturelles. sarah lucas trinkt tee
elvis hätte mehr davon trinken sollen, baldrian am besten
stewart legte sich ein totes huhn zwischen die beine
oder war es lucas, die auf einem toten löwen saß
das maul sperrangelweit: sieht aus wie möse, dachte elvis
und trank noch immer keinen tee
denn er war misstrauisch geworden
in diesem moment betritt kate winslet das set
die wahrscheinlich gern viel tee trinkt
und die frisur von elvis gut gefunden haben muss
denn auf der titanic küsste sie sarah lucas
bevor sie sich mit über vierzig zurück an der englischen küste
in eine jüngere verguckte

UNBEKANNTERWEISE FÜR RISK HAZEKAMP

james dean mit james' lederjacke und jeans
der wind der prärie und der ölfelder texas' föhnt
die 50er haare. alle wollten so sein
dean, was sie auch taten, um so zu sein wie du
mit deinen coolen stiefeln bestiegen sie ihre autos
um schneller zu sein als der himmel in hollywood
james dean revisited mit james' jeans und blick
aus dem screen. risk hazekamp als gigant*in
in einer us-landschaft oder photomontage
steht im museum vor knapp 30-jährigen lezzies
die sich an ihre teens erinnern und die fantasie
mit cowboyhut und james' jeans auf einer harley
in die rocky mountains zu ziehn. mit ihrem ersten crush
wie zwei desert hearts zu posiern
genau mit dieser coolness von risk hazekamp

ANA
TOM
IE

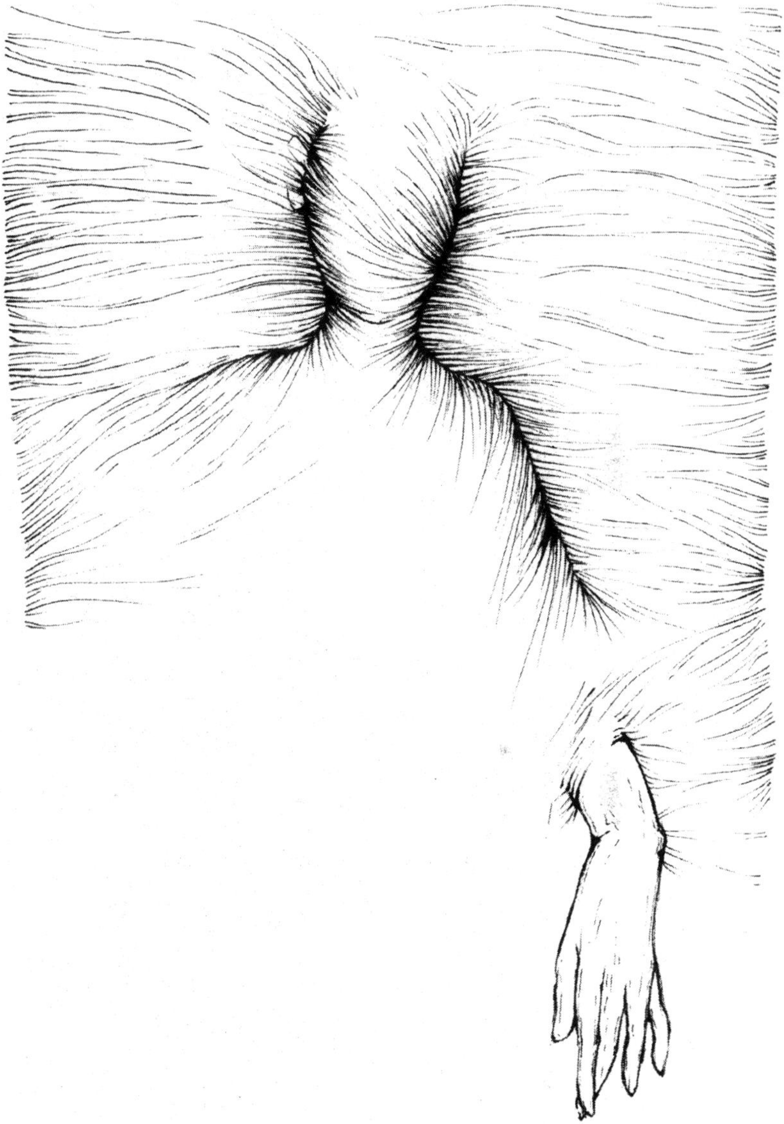

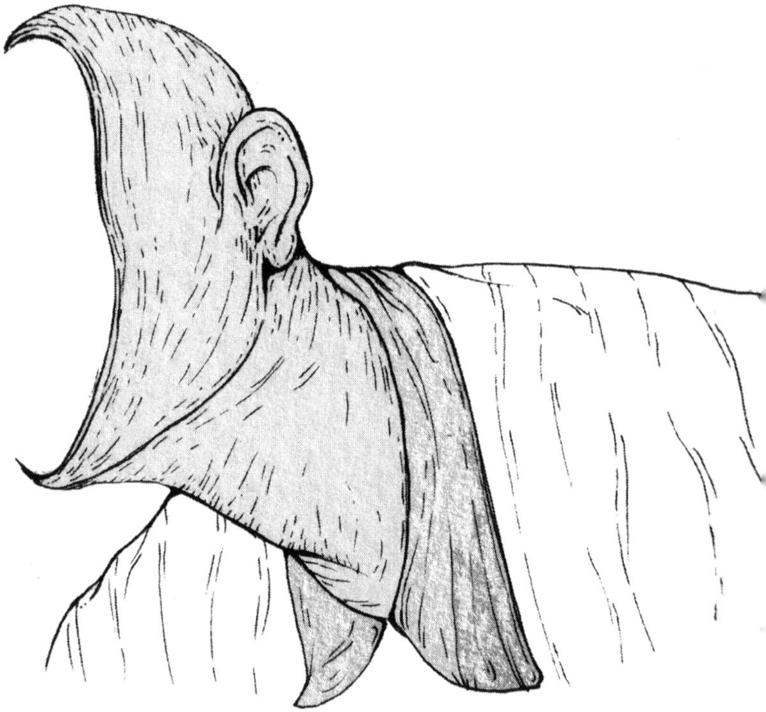

DOKTOREN

früher lösten doktoren in frauen mit handarbeit
eine hysterische krise aus, um sie zu heilen
nenne heute handarbeit, wenn ich — du weißt schon
du kommst — nennst es weder hysterisch noch krise
vielleicht doktorspielchen? nein. auch wenn instrumente
beteiligt sind? nein, nein. wir die kurve
von erregung bis erschlaffung punkt für punkt
aus büchern kennen? nein. sind wir einander
sextherapeutin in ausbildung? nein. als unheilbar markiert
in unsren akten? zwei patientinnen unter der decke
als operationstuch? nein, nein. lösen historische krisen aus
wenn wirs miteinander treiben

KOLLOQUIUM

weiß warn die westen, die bärte
gesichter in steinalter härte
sie stieg vom podest
gab sekt aus zum fest
da sie nun die welt erklärte

PRAKTIKUM

iss doch mit uns marmeladenbrote
wir sind erfahrene lesben auf überholspur
haben die keuschheitsgürtel und fesseln
fadenkreuze auf betten in spielzeuge umkodiert
lenken unsre satelliten auf g-points
orientieren uns am relief vom marianengraben
streck die arme aus zwischen dem tiefsten punkt
der erde und dem höchsten des himmels
brichst entzwei oder lernst fliegen

ICH WILL PRIDE ALS LUTSCH-TABLETTE

ANATOMIE

du meine *perlenfingernde nonne*
oh djuna, du meintest doch keinen rosenkranz, oder?
eine *wooly rose* vielleicht wie anne sexton?
eine wollene rose, die beim öffnen ihre falten zeigt
ein pelziges tierchen, das — anders als eine auster —
nicht im kalkgehäuse liegt, eine perle bebrütet
oder von einer stumpfen klinge gebrochen wird
um sie dann mit zitrone zu schlürfen
auch keine schnecke — obwohl schon eher hermaphrodit
etwas süßes — auch keine reife pflaume
keine halb gespaltene kastanienhaut, stachlig
oder glatter huf. nein — ich meine — all das nicht

MEDITATIONEN

wie immer geht beim duschen zum schluss
eine hand zwischen die eigenen beine
den fingern begegnet dort vieles, sich dabei fragen
wer diese körperpartie als loch bezeichnet hat und warum
sich erinnern, wie eine ärztin nicht mehr ganz sicher war
wohin genau mit dem blasenkatheter
ob der uterus wirklich wie eine gasmaske aussieht?
oder wie ein elefantenkopf mit dickem rüssel?
sich erinnern, wie erstaunt ein student war, als er lernte
dass ein finger den muttermund tasten kann
dann die karriereleiter zum chefarzt bestieg

sich fragen, wieviele kusskombinationen
zwischen all den mündern und lippen theoretisch möglich wären
warum erst ende der neunziger jahre
die form der klitoris beschrieben wurde und sie wirkt
wie ein außerirdischer vogel aus knete
vor dem die star-trek-crew sicher angst gehabt hätte
sich nicht erinnern, dass dieses modell
im anatomieatlas irgendwo aufgetaucht wäre
das loch so muskulös als wäre es jeden tag in der muckibude
das plötzlich in wellen alles andere ausknockt

HYMNE

singe in lingua franca. french kiss, offen und ehrlich
ein loblied auf die matrjoschkas, aus denen
säuglinge über säuglinge kopfüber in die welt
springen. singe auf die schraubenmutter
die ihre sprache umkreist, damit sie ihr im hals
stecken bleibt. oh, ödipussi. du hast eine lockere
lingua zwischen den fingern, die sich zum v
wie beine beim yoga in die luft strecken und
einen umgedrehten triumphbogen andeuten
da stockt die hymne, überschlägt sich
und als sie wieder aufsteht, ihre buchstaben
aufzusammeln, wird sie zum hymen. das platzt vor lachen
über die alten gäuler der standbilder

LASS UNS EIN NEUES ARCHIV ZEUGEN

HULDIGUNG

ich war so froh, athene, dass es nicht nur aphrodite gab
sie schaumgeborene mit stolzer scham
und du aus einem hirn geborgen, deines vaters hirn
bis ich verstand, dass du
in martial arts und wissenschaft bewanderte
als kopfgeburt nicht tochter einer frau sein durftest
und sollte aphrodite, die aus einer muschel stieg
erotischer gewesen sein als du?
sie aß den apfel, den von paris oder
einen korb voll adamsäpfel
in den krieg der schwer gekränkten
musstest du zehn volle jahre lang
ich war erst wieder froh, als mir im traum erschien
wie du ihr, aphrodite, deiner schwester, schwägerin
und kontrahentin, auserwählte liebste wurdest
eine butch, eine femme

ASSOZIATION

würde ich ein bild von ginsberg umdeuten
schreiben: *ich griff nach ihrer marmorvulva*
müsste ich lachen, könnte nicht anders
als an diana denken beim bogenschießen
die einbeinig auf zehenspitzen steht und zielt
ihren nackten po vorstreckt als göttliche
vorreiterin von gyms und schwitzigen turnmatten
vielleicht ist marmor stoff für steife glieder
ein steinwerk reicht nicht für diana, denke ich
und sehe den vom see geleckten sand
in den ich meine finger senke

ELEKTRA

elektra nimmt die tote schwester iphigenie
auf einen weihnachtsmarkt
und dann in einen fetischladen
wühlt durch strapse im discount
geschirr aus leder
riecht an pheromonparfüms
wie bacchus einst an reifen trauben
sucht diskret nach liebeskugeln und massagestab
in der elektro-nische
als ihr iphigenie wieder einfällt, all die toten
weint und geht nach hause, schneidet karotten
während sie von ihrer gefährtin
mit der endphalanx des mittelfingers
langsam und sachte ins schwitzen gebracht wird
bis in den topf schafft es keine karotte
elektra stößt einen schrei aus
der denen in der dritten etage
beim abendessen so sehr ins mark fährt
dass der braten ihnen im hals stecken bleibt

ERKENNE DICH SELBST

DRASTISCHE MAẞNAHMEN

in die einsamkeit gehen, so into the wild und alle vier wochen
blut aus dem muskelleib, hohlorgan voll schleim
leben als eremitin mit eigener höhle könnte ich
mich in die stille gottes versenken. moos
zwischen den beinen und hirschläuse im haar
würde in der wüste heuschrecken streifen
in klaren flüssen die lachse, sollten sie laichen
bin drei wochen lang höchstens agnostisch wie thomas
und beim ersten tropfen aus der form der fünften wunde
sicher, dies ist die regelmäßigste theodizee

WO WAR MARIAS HEBAMME

riefen die engel ihr zu: halte durch! halt den atem!
jetzt pressen, maria! das schaffst du!
oder kamen sie eh nur vorbei, um zu leuchten?
was tat maria in der ersten nacht mit kind und dammriss
im stall, wo ochs und esel schauten und aus ihrer krippe fraßen
half josef, der ja alles zu verstehen vorgab
oder kämpfte sie allein, erfinderin der künstlichen befruchtung
erste mutter eines patchworkclans seit dem olymp
hielt gott ihr die hand? oder josef?
wusch gott das laken oder hielt ihr einen lappen an die heiße stirn?
lag sie auf stroh, das rundum piekste und pusteln hervorrief?
was hätte maria getan, wäre das kind ins stocken geraten?
sind die drei könige mit goldener saugglocke angereist
haben sie eine myrrhetinktur zur wundheilung angerührt
ihre nerven mit weihrauch betäubt?
ein wunder wahrlich, wie maria und kind diese nacht überlebten

FÜR BASIA

nacht und nebel, dreiundzwanzig uhr
dein mantel wehte wie eine fahne
und zog sich wieder zusammen
wie ein igel mit einer gallenkolik
die hand voll zerknüllter adressen
zitterte mit dem zeigefinger vor der klingel
die dir abgeraten hatten
hast du aus deiner kontaktliste entfernt
die dich verpfeifen wollten
zeigtest du an beim jüngsten gericht
die dir warme suppen kochten
küsstest du die stirn und versprachst
ihnen ein gedicht zu widmen
die tür sprang auf wie ein safe
bei der berührung eines stethoskops
nun gab es kein entrinnen
vor dem schritt in den bauch des gebäudes
bitte, sagtest du, treiben sie alle autoritäten ab
bitte. wirklich. alle

IM MESSZYLINDER SCIENCE FICTION

im keller von doktor soundso
gingen wir durch rezepte
von menschenküken, die zutaten hatten wir
eine prise reife eier, ein schuss sperma
im smoothiemixer gut verquirlen
kurz erhitzen, so die alte küchenweisheit
frischere quellen empfehlen
keimzellen zu ernten und behutsam
mit pipetten ineinanderzufügen
durch eine scheibe betrachtet
sehen sie aus wie braunsche moleküle
oder bällebad
im gedächtnis erwachsener kinder
üben anziehung, abstoßung
für noch kommende pandemien
bis eine nach der andren
wie aus einer lottotrommel
hinaus in die welt kullert
und die tarnkappe platzt

BIST
DU
AUTO-
MATISCH
EINE
MUTTER,
WENN
DU
GEBÄRST?

LEXIKON

streich vater, streich mutter, streich tochter
sohn, kind, heimat aus deinem lexikon
streich oma, opa, tante, onkel, vormund, obhut
aus deinem lexikon, streich obrigkeit
geburtskanal und ehe aus deinem lexikon
streich zombiewörter
die durch deine sprache walzen
dein gehirn zu löffeln
und lass dir nicht einreden
sie meinen es gut mit dir
weil sie sich hinter dem kuschligen wort
muttersprache verbergen
denn wenn du mit dem rücken
zum notausgang stehst
schlagen plötzlich ihre arme durch die wand
wiegen dich in schlaf
packen dich an der gurgel
bis du nur noch krächzen kannst
wie eine rostige schraubzange
machen dich zu ihrem instrument
mit dem sie alles können
foltern, singen

PRAXIS HIERONYMUS BOSCH

dr. hieronymus bosch ist spezialist
in der exzision des normalen
das so unnütz ist wie der wurmfortsatz
ähnlich dem steißbein, ein rest aus der zeit
als jeder mensch noch einen schwanz hatte
im vorzimmer hängen die tafeln der hölle
denn dr. bosch ist in seiner freizeit artist
die resultate der op bleiben vage
so keimt furcht, am ende mit einem ohr am anus
einer trompete zwischen den augen
oder einem messer im hals
aus der narkose zu erwachen
dr. bosch beruhigt, reine routine
sobald die wundnaht verheilt, die fäden gezogen sind
öffnet sich das tor in den garten der lüste
wo veilchenbüsche sprießen
eine riesige erdbeere verehrt wird
wo eine eule im teich ein dampfbad nimmt
und zehn nackte kamele polonaise reiten
wo ein fisch gestreichelt wird vor einem publikum aus vögeln
und ein schmetterling sich vor erschöpfung die nippel sonnt
im arztbrief steht, bleiben sie solange
sie merken, dass es immer schon so war

EROS

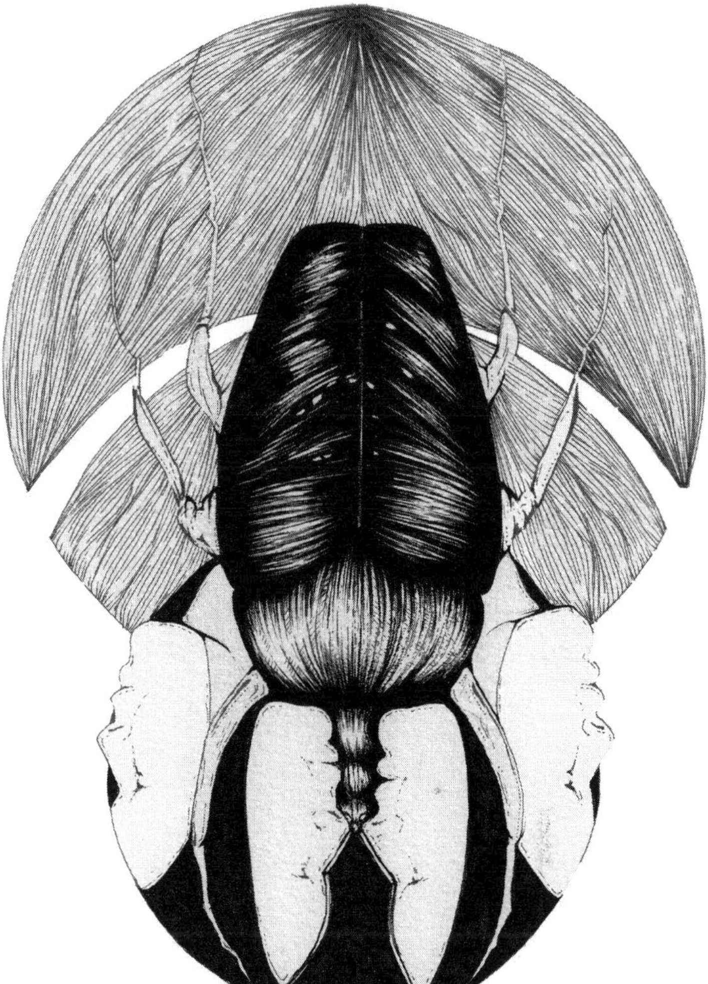

TANNER ODER OVIDS VERGESSENE METAMORPHOSE

ich trug einen onesie mit korallen drauf
am anfang waren die beine zusammengenäht
wie bei arielle, die erwachsenen fürchteten
ich könnte zu schnell laufen und ins meer fallen
zehn jahre später trug ich immer noch einen onesie
doch durfte ich jetzt mit den füßen
zur schule gehen oder zum kiosk
salzstangen kaufen und an ihnen knabbern
einen nachmittag lang lag ich auf dem teppich
in meinem zimmer und hörte musik
da hob sich der onesie wie ein zelt an drei stellen
zwei über den brüsten, eins über dem schritt

TERESA VON AVILA

mein name ist teresa von avila
ein künstler der renaissance ließ mich auf ewig
in einer peepshow aus marmor
mit kerzenschein und kreuzigung
die kutte ein verirrter vorhang
was darunter geschieht, bleibt bloß erahnt
meine geburts- und krankenakte liegt ihnen vor
ihr herren, kardinäle in den logen
bestaunen sie die kuppel meiner knie
ein engel nimmt den pfeil zur hand
ihn mir ins herz zu stoßen
nennt es doch vision, verzückung, hysterie
durch mich und mit mir und in mir
falle ich auf harte wolken
in der einheit des ekstatischen geistes
ich bin ich. jetzt und von ewigkeit zu ewigkeit
mein name ist teresa von avila

MUSEUMSBESUCH AM OSTERSONNTAG

oh lotte, traute schläft vielleicht, du hast sie gebeten
nackt auf dem bett ihre augen zu schließen
du, am fenster in knabenschnitt und weißem kittel
einer anatomin gleich beim präparieren der details
die brust verdreht, der kopf in ihrer offnen achsel
doch tot ist traute rose nicht, so rot die wangen sind
auf einer staffelage oberhalb der faden stadt
deine palette als phallus und pinsel, die dir ausgeliefert sind
hälst locken fest, schon jahre später
trifft ihr blick über deine schulter, ein jüngeres du
tochter oder geliebte in unterhemd, zerknittert
ist dein blusenkragen, schaust so nach uns unermüdlich

WIE LESBISCH SIND DEINE GEDICHTE?

LESBISCHE GEDICHTE

wie lesbisch sind deine gedichte, fragte jemand
weiß ich nicht, dachte ich, was sie so tun
wenn ich nicht hinseh
es hilft nicht, sie zu beobachten
denn gedichte sind sehr scheu
eigentlich genau wie kobolde
nur räumen sie nicht auf
denn gedichte sind total chaotisch
und geschenke hinterlassen sie auch nicht im schuh
denn wovon sollten sie die kaufen
vielleicht lieben meine gedichte wörter mit o
sehen dabei oktopusse wie durch unterwasserfenster
oder brüste in push-up-bhs, mit geplätteten nippeln
würden meine gedichte sich selbst schreiben
schrieben sie bestimmt am liebsten onomatopoesie
liebten totoro und wären oft in tokyo
hörten yoko ono endlos
glotzten dokus über bonobos
zitierten lorca und golob in sportstudios
tauchten ihre fäuste in den orinoco flow
und sängen an den ufern vom bosporus
küssten sich ganz pomo auf die nackten
pomodoro roten popos
bis auch noch der letzte homo sapiens
den glauben an die unschuld der poesie
verloren hätte

KONVERSATION

ohne ein wort begegnen wir unsren zungen
beschäftigt mit turnübungen
im mund der andern buckeln, sich strecken
deklinieren ihre spitzen zwischen den zähnen
ziehen ihre spur von einer metapher zur nächsten
über nasen*flügel*, ohr*muscheln*, brust*warzen*
beide im sprint am nabel vorbei und weiter
zur körpermitte, um dann
je eine kleine zunge zu finden, die nicht sprechen kann
aber zu verstehen gibt, dass sie bereit ist für mehr
als nur small talk

ENSEMBLE

kanns hören, wie alles ganz nass wird
wie das wachsen von gras fühlen
wie die schleimhaut anschwillt
die den puls nachahmt in unsren hüften
kann die bewegung riechen je dichter sie sind
willst den schweiß schmecken, das kleine bisschen
blut nach unsrer blutung, wenns noch kommt
hörst den druck meiner finger im rücken
das wachsen der haare in dieser zeit
sicher wachsen sie weiter, möchte den geruch
unsrer achseln, der duftdrüsen tasten
deiner nase und ihr flattern. die stimmen
als lead über unsrem kammerensemble

HALBE NACHT

werde mich zwischen braut und braut legen
eine pflaume hab ich schon gegessen
am fußende des bettes
den kern zwischen die zehen geklemmt
und gewartet, dass er blüht
in eine zweite pflaume hab ich gebissen
das fleisch über geschlossenen augen
dann wird eine braut sie essen
wie brüste in der form von raketenköpfen
wir zünden das bett an
und liegen zu dritt in der halben nacht
eine kann immer schlafen
im wechsel drehen die glitschigen finger bergab
und heben die hintern gegeneinander
den flaum an den oberlippen
drei, viermal schon
blinkt die nachricht *wo seid ihr*
sie kümmert uns wenig

ZÜCKEN WIR UNSRE MENSTRU-ATIONS-KALENDER

ZEITRECHNUNG

freizeit ganz in latex, so eng, dass keine millisekunde
dazwischen passt, aufzeichnung vom sofagetümmel
die palma manus legt sich auf den anulus umbilicalis
und beginnt dort etwas, das man tasten nennt
während der orbicularis oris zu einem kussmund kontrahiert
die flexoren der zweiten und dritten digiti ziehen
ihre tendines an, gleiten in den vaginae synoviales
sachte nähern sich die ossa zygomatica einander
wenn es etwas unanständiges über die nanosekunden
zwischen vierundzwanzig und null uhr zu sagen gibt
dann dass sie es jede nacht wieder und wieder tun

VORSTELLUNGEN

stell mir vor, wie du, dass du, wo du doch, als du
und stell mir vor, wohin du, dass du lieber nicht
dafür aber umso mehr, mit deinen vorlieben
stell ich mir vor, wie du nochmal, warum du jedesmal
frag mich, ob du wirklich und an welcher stelle
ein schmunzeln dich verunsichern, an welcher
stelle es dasselbe zwinkern, wenn wir als wir
das erste mal, du weißt schon, stell ich mir vor
dass ich, stell mir vor, dass du dir vorstellst, dass ich

SEITENSPRUNG

ihr handrücken über den augen als sonnenschutz
hält die finger offen wie eine fleisch-
fressende pflanze, zeigt sich unbeeindruckt
vom wind, der den see schräg massiert
die andre hand liegt unterm nabel
wie ein schlafendes kleinkind
lässt sich wiegen vom atem
achsel glatt, die beine überkreuz
nur ein roter zeh zuppelt zornig
von einem mückenstich
sie neigt den kopf zur seite
die freundin bringt cocktails
schiebt sich nah an sie ran
ein rücken als wand vor dem blick
der betrachterin

ORLANDO, OH

orlando, als du in london nicht weit von den stufen
st. paul's segeltest oder wars st. pauli
las ich von dir, hab mich verliebt
vielleicht auf seite hundertsiebzehn
kippte gerade noch einen schluck limo
als captain bartolus dir ein update der geschichte gab
unmöglich, sagst du, bin doch bloß tinte
sag ich, mehr als das, ein langer sommer
den wir tag um tag in parks verbrachten
bis sie schlossen und du stehen bliebst
ich gab dir das versprechen, auf papier zu cruisen
damit du nicht aufhörst, orlando, oh, orlando

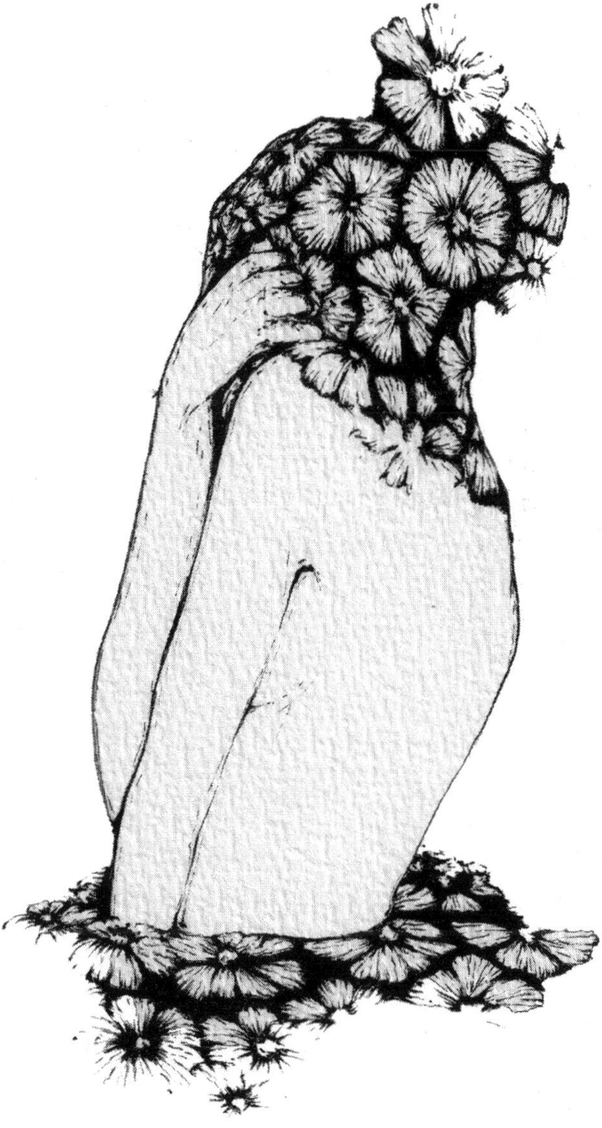

HIRSCHE

zwei radlerinnen, wir, hielten unterwegs an einem bild
das sonst nur eine traumlandschaft bewohnt
mondlicht hing in den ästen der geweihe und augen
wars keine landstube, vielleicht ein bisschen
diskokugel unter freiem himmel, ohne musik
umso lauter das aufgeregte rauschen über beiden ohren
während die herde, sonst scheu, ganz friedlich
weidete und wartete, ein schmunzeln
um die grasbefüllten lippen, hätten wir uns doch
ganz nah an sie herangetraut an diesem abend

DER SPÄTE BLICK

verwirrung wurde nicht eingeladen
drohte aber
eine kommt spät an die bar
strohhalm im mund
blick richtung dancefloor
von parfüm und mascara
zusammengehalten ich
erkenne im augenwinkel
sich faltende schenkel
beide hände aufs nervöse knie
verwirrung kam erst in der nacht

MEIN MUND IST EINE FLEISCH-FRESSENDE PFLANZE

ALS WIR UNS WIEDERBELEBTEN, ANSTATT FOSSILIEN ZU BLEIBEN

an manchem abend beschenken wir uns
all die trumps, musks, bolsonaros nicht zu erwähnen
die wie lindwürmer durch jede öffnung im schädel ziehn
immer fetter werden an unserer beachtung
als wären wir fossiler brennstoff
leiten stattdessen den gesamten energiehaushalt
auf die erregung zwischen uns und einen rest an contenance
doch solche spannung ist nicht gut erträglich
und wir scheitern kläglich, ruhe zu bewahren
kurz bevor unsere körper in kleinste partikel zerfallen
in zellen, knochensplitter, nervenbündel, schleim
drücken erst die gesichter und dann alles übrige
zusammen, als müssten wir gemeinsam durch ein nadelöhr
in ein korsett, in einen stützstrumpf bis die knie nachgeben
und sie geben nach, an unsrem feuchten heiligabend
so beschenkt, tauschen wir unsre namen
und nicht nur die namen

DYKE MARCH DELUXE

stellt sich die frage, ob
gagarin sich jemals zweifeln stellte
als er wie eine gezündete kerze
an einem hellen tag in die nacht flog
vielleicht bloß um das blau dieses einzigen planeten
der auf seine rückkehr wartete
aus sicherer distanz zu betrachten
so sicher wie ein schrei im horrorfilm
der alltag geworden ist
vielleicht um einmal sagen zu können
mutter, vater, danke
stellt sich die frage, warum
beginnt jede utopie mit der apokalypse
ist die vorliebe für raketentests zeitlos
und das beharren auf ihre notwendigkeit
stellt sich die frage, vielleicht
liegt der anfang in kindern einer caregemeinschaft
möglicherweise in einem tagtraum
wie lauter gaygarins auf die straße gehn
sich begegnen ohne furcht

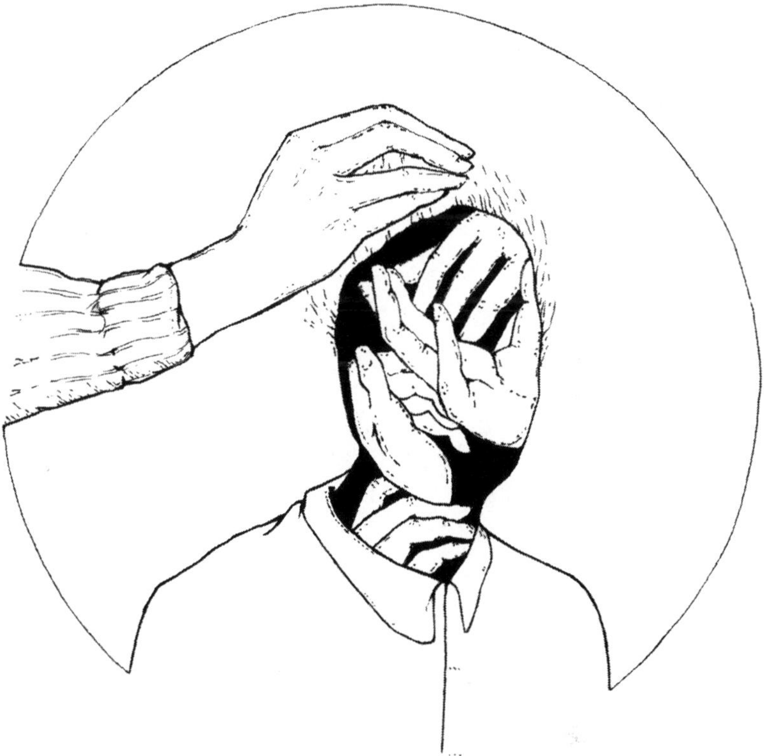

ARS

ANATOMIE

EROS

Danke für Lektorate, Rückfragen, Schreibaufträge, Lyrikliebe, Schnaps und Care: Andrea Schmidt, Anneke Lubkowitz, Audrey Naline, Beate Tröger, Birgit Kreipe, Carolin Krahl, Crauss, Dinçer Güçyeter, Dirk Skiba, Eva Schörkhuber, den Flexen, G13, Jo Frank, Johann Reißer, Kaśka Bryla, Kevin Junk, Olivia Golde, Ricardo Domeneck, Sofie Lichtenstein, Tillmann Severin, der Wortschutz-crew und vor allem Yael Inokai.

Die Arbeit an dem Band wurde gefördert durch ein Recherche-stipendium des Berliner Senats 2021.